ODE

SUR LE DÉSASTRE DE LA FRÉGATE

LA MÉDUSE.

ODE

SUR

LE DÉSASTRE DE LA FRÉGATE

LA MÉDUSE.

Par L. Brault.

quantus instat novitis sudor.....
(HORACE, *épodes IX.*)

PRIX 75 c., AU BÉNÉFICE DES NAUFRAGÉS.

A PARIS,

Chez DELAUNAY, Palais-Royal, galerie de Bois.

1818.

AVIS.

Je présume que toutes les personnes qui voudront bien lire mon ode sur la Méduse et, par-là, concourir à un acte de bienfaisance, n'ignorent point le naufrage de ce beau vaisseau : néanmoins il peut n'être pas inutile de rappeler sommairement, ici, que la Méduse faisait partie de l'expédition du Sénégal; que, séparée du reste du convoi, après une navigation jusque-là favorable, par un tems calme, elle vint toucher inopinément sur un rocher à 40 lieues de sa destination; qu'il fallut que l'équipage quittât la frégate échouée, et qu'à défaut d'embarcations suffisantes, cent cinquante passagers, tous ou presque tous militaires, furent abandonnés sur un misérable radeau, mais avec une précipitation telle qu'ils se trouvèrent dépourvus de vivres et des moyens de se diriger ; que ces infortunés, dans l'eau salée jusqu'à mi-corps, assaillis tout-à-coup par une horrible tempête, eurent à lutter contre des dangers sans cesse renaissans; qu'affaiblis par la faim, aigris par les souffrances, égarés par le désespoir, ils se livrèrent des combats acharnés, les uns voulant courir toutes les chances de salut, les autres s'ensevelir tous à la fois dans la mer avec la planche de miséricorde qui leur avait été vainement tendue ; que réduits au nombre de quinze , après douze jours et douze nuits d'agonie , après avoir été contraints de se repaître de la chair de leurs compagnons expirés, un autre navire les recueillit sur son bord et les arracha, comme par miracle , à une mort qui paraissait certaine ; que deux d'entre eux, MM. Savigny, chirurgien, et Corréard, officier ingénieur-géographe, de retour en France , au travers de nouveaux périls et d'épreuves nouvelles, ne reçurent point l'accueil qu'ils devaient attendre de la justice non moins que de la compassion ; qu'ils eurent le courage e d'en appeler à la générosité nationale et publièrent une relation de leur catastrophe, d'où sont tirés tous ces détails ; enfin que M. A. Jay rendit compte de cette relation dans le Mercure, et proposa, au profit des naufragés , une souscription dans laquelle il versa, le premier, ce qu'il appela si noblement *le denier de l'homme de lettres.*

A l'exemple de cet écrivain distingué, j'aurais voulu présenter aussi mon offrande au malheur, mais je n'ai rien à moi que mon tems : je lui en ai consacré les loisirs. Puisse le sentiment qui m'a inspiré ce qu'on va lire, mériter à cet ouvrage sinon la faveur, du moins l'indulgence de mes concitoyens.

ODE

SUR LE DÉSASTRE DE LA FRÉGATE

LA MÉDUSE.

———

« Que la fille des Eaux, que les frères d'Hélène,
  » Astre propice et radieux,
  » Des noirs Autans, qu'Eole enchaîne,
  » Répriment l'effort odieux ;
» Et que le seul Zéphyr, la tête couronnée,
» Déploie, en souriant, son aile fortunée
  » Sur les flots calmés par les Dieux !

» Allez ainsi, volez sur la plaine liquide,
  » Brillant Navire, oiseau léger :
  » Que Jupiter vous fasse un guide
  » De son céleste messager !
» Surtout, puisse des mers la déesse inconstante
» Amener, sans péril, votre voile éclatante
  » Au rivage de l'Etranger ! »

Tels étaient nos discours, dont la voûte éthérée
    Redit les nobles fictions,
    Quand la Nef aux vents consacrée
    Leur déroulait ses pavillons;
Tels étaient les désirs que nous formions encore
Alors qu'elle avait fui pour chercher de l'Aurore
    Les lumineuses régions.

Est-ce que la prière, ainsi qu'aux jours antiques,
    Dans notre âge si criminel,
    Perçant les célestes portiques,
    Arrive encore à l'Eternel?
Nos pleurs pour sa clémence ont-ils de nouveaux charmes
Et laisse-t-il toujours à nos cris, à nos larmes,
    Fléchir son courroux solennel?

O Vaisseau, je te vois! je découvre la proue
    Qui trace un sillon écumant;
    Zéphyr en tes voiles se joue,
    Et te balance mollement;
Thétis autour de toi soupire avec tendresse
Et de vagues d'azur t'enlace et te caresse
    Comme la vierge son amant.

Moins tranquille, aux détours d'une rive fleurie,
    Voyage le cigne argenté,
    Que les nymphes de la prairie
    Suivent d'un œil de volupté :
Roi du canal paisible, où son orgueil se mire,
Lui-même il s'applaudit, et noblement admire
    Et sa grâce et sa majesté.

Chargé de doux parfums et de riches offrandes,
    Si de l'Illyssus ou d'Argos
    Un vaisseau paré de guirlandes
    Sillonnait la mer de Délos,
Le Théore, animant la lyre d'Ionie,
Aux suaves accords d'une sainte harmonie
    Chantait les Dieux et les héros.

Sous l'équateur brûlant, modernes Argonautes,
    Ainsi des Français courageux,
    D'un bois fragile aimables hôtes,
    Percent l'air du bruit de leurs jeux,
Et, tournant leurs regards du côté de la France,
Nous adressent des chants de gloire et d'espérance
    Qui bravent les vents orageux.

Insensés, que font-ils? Ah! retenez la joie

    Qui va déplaire au dieu des mers!

    Songez que le ciel nous envoie

    Moins de succès que de revers.

Souvent c'est près du port que sévit la Fortune;

Vous cinglez sous un chef oublié de Neptune,

    Et vous fendez les flots amers.

O surprise! ô terreur! un si funeste augure

    Ne tarde pas à s'accomplir.

    Aux maux affreux qu'il se figure,

    Quel front enfin vois-je pâlir?

N'importe! il faut céder, ô troupe magnanime,

Soumets-toi, sans reproche, et descends sur l'abîme

    Qui t'attend pour t'ensevelir.

Hélas! en vain l'espoir leur offre un doux prestige!

    Qui d'entre eux reverra le port?

    L'esprit de trouble et de vertige

    Semble présider à leur sort.

Cette main, qui jura de veiller sur leurs têtes,

Sans souci du devoir, les dévoue aux tempêtes

    Et les abandonne à la mort.

Levez, levez vos fronts, ô vertes Néréides !

    Amis du calme et des beaux jours,

    Tritons, de vos conques humides

    Prêtez-nous l'utile secours,

Et que, sur tant d'écueils, notre barque jetée,

Des troupeaux confiés aux soins du vieux Protée,

    Apprenne à franchir leurs détours !

Mais non ! ces dieux jaloux, que l'infortune implore,

    Dans leur courroux sont obstinés :

    L'éclat du jour se décolore ;

    Tous les vents soufflent mutinés,

Et le feu des éclairs, le fracas des orages

Se font un jeu cruel d'accabler des courages

    A tant d'épreuves destinés.

O plus heureux cent fois ceux qui, près de nos rives,

    Levant un bras ensanglanté,

    Des foudres, qu'il croyait captives,

    Frappaient l'Anglais épouvanté

Et dans le sein des eaux descendant avec gloire,

Mouraient en saluant par des cris de victoire

    L'étendard de la liberté. (1)

_____

(1) Le vaisseau *le Vengeur*, au combat du 13 prairial an 2 (1er. juin 1794). (Historique.) *V.* le 3e. vol. des *Victoires, Conquêtes*, etc.

La faim, qui lentement nous conduit au Ténare,
  N'avait pas épuisé leur sein ;
  D'un ami nul ami barbare
  N'était devenu l'assassin ;
Et nul, pour reculer une mort ignorée,
N'avait, avec horreur, de Thyeste et d'Atrée
  Renouvelé l'affreux festin.

Guerriers infortunés, que la Parque réclame,
  Victimes d'un arrêt si dur,
  N'aviez-vous pu sous l'oriflamme
  Trouver un trépas moins obscur ?
Mêlés dans le cercueil où dorment nos phalanges,
Ainsi que leurs exploits, le bruit de vos louanges
  Frapperait le céleste azur.

Dormez, dormez, guerriers ! vos cris, dans les batailles,
  N'auront point tonné vainement,
  Et du deuil de vos funérailles
  La France a marqué le moment :
Du crêpe des douleurs sa tête s'environne ;
Et je la vois semer des fleurs de sa couronne
  Le sein du liquide élément.

Et vous, rares débris, sur cette mer immense,
    Que le hazard a conservés,
    Dans la course qui recommence,
    De périls soyez préservés!
Ranimez la chaleur de votre âme flétrie,
Et, fiers de vos tourmens, rendez à la patrie
    Tous les jours que vous lui devez!

La patrie!... ils l'ont vue; ils baisent le rivage
    Objet de leur sainte amitié.
    Sur leur front quel affreux ravage!
    Il doit commander la pitié.
A leur aspect, pourtant, d'où vient cette contrainte?
Le malheur est-il fait pour engendrer la crainte
    Ou produire l'inimitié?

Qu'ils redisent leur plainte, un instant méconnue!
    Qu'ils montrent leur noble pâleur!
    En tous lieux voilà parvenue
    La voix de leur mâle douleur.
La puissance n'est rien où n'est pas la justice:
Tremblez! que cet exemple, ingrats, vous avertisse
    Qu'il faut respecter le malheur!

Gloire au sage ! salut à l'ami de l'étude,

    Du malheur illustre héraut,

    Qui, du sein de la solitude,

    A nos cœurs livre un doux assaut!

Quels accens ! quelle voix religieuse et tendre!

L'égoïsme se tait aux sons qu'il fait entendre,

    Et la pitié parle plus haut.

A son appel touchant, de toutes parts ouverte,

    La route de l'humanité

    Ne cesse plus d'être couverte

    Des trésors de la charité :

Le denier du soldat, le jouet de l'enfance,

Le riche, l'indigent, tout paie à la constance

    Le tribut qu'elle a mérité.

Mais quel est ce tombeau, sous la mobile arène (1)

    Que dévore un soleil ardent?

    Ah! d'une vertu plus qu'humaine,

    Muse, consacrez l'ascendant;

---

(1) Le major Peggy, anglais, qui secourut, à l'hôpital de St.-Louis, les malheureux naufragés abandonnés de leurs concitoyens, et leur fournit les moyens de retourner en France. Cet ami de l'humanité mourut, peu de temps après son bienfait, dans une expédition chez les Caffres.

Et portez ces parfums, qu'exhale votre bouche,
Jusqu'au fond des déserts où le Maure farouche
Promène un front indépendant!

Et, brûlante toujours du délire qu'avoue
La fierté d'un cœur généreux,
De la Fortune et de sa roue
Fuyez les amis dangereux.
Immolez l'oppresseur à celui qu'il opprime,
Célébrez la vertu, faites palir le crime,
Et consolez les malheureux.

Imprimerie de POULET, quai des Augustins, n°. 9.

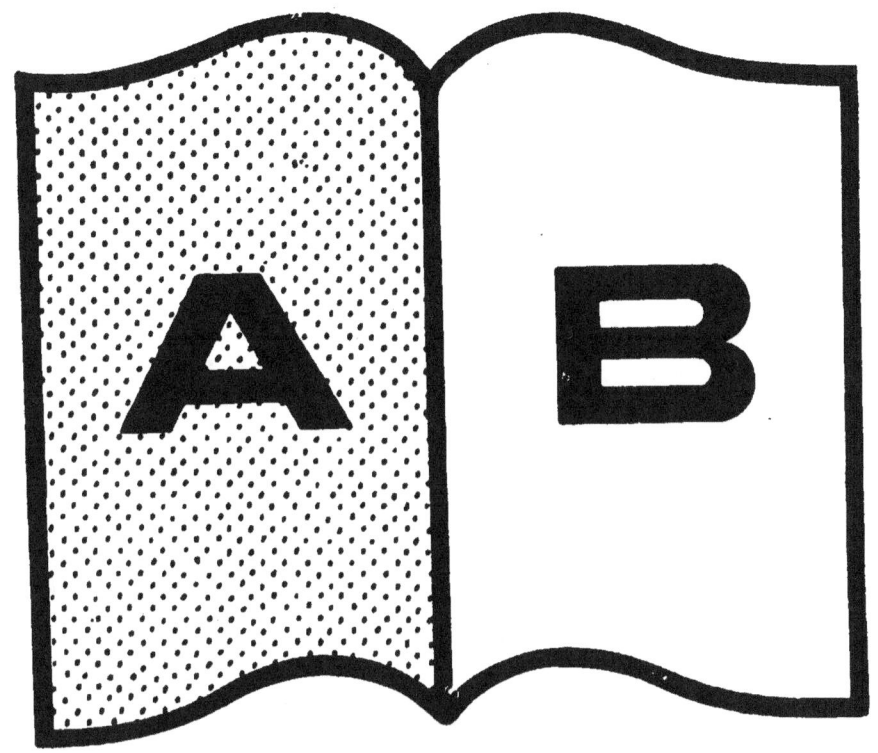

Contraste insuffisant

NF Z 43-120-14